CB045748

CÍRCULO *Luna Parque*
DE POEMAS *Fósforo*

Brasil, uma trégua

Regina Azevedo

  sonho com meu amante
    seus olhos dentro dos meus
     quem vai mais longe
     quem vem mais perto
 fundo
    um ângulo inusitado
    um pacto

    nossos cabelos esfarelando
     de suor

desejo que ele acorde
e adormeça pensando em mim

nossos planos
sem futuro

   para qual país seguir?

sonho que estou na festinha
de 7 ou 8 anos
da prima de uma amiga de infância
a menina parece um anjo e tem
os cabelos encaracolados
sobre os ombros dourados
uma casa gigante
uma mãe loiraça
(minha vizinha)
eu sou adulta
e piro no deslumbre
vicio nos beijinhos
não consigo parar
brigadeiros, doces, balas
vários de cada cor
de marshmallow
de pirulitos
de trufas
e confeitos de chocolate
a festa já acabou
todos já foram embora
e eu volto sozinha à casa
e à cozinha
da mulher
porque escaparam uns beijinhos
na lateral da escada
de robe, a mulher me flagra
me olha dos pés à cabeça
não lembro se fui convidada

verifico várias vezes ao dia
os dias
na minha agenda
revejo várias vezes o relógio
da parede
do notebook
do celular
pergunto que horas são
mesmo enquanto olho
para o relógio de pulso
vidrada, virada
tenho medo de que os tempos mudem
e eu não fique sabendo

cheia de lamúrias
ligo para um amigo
conto que acordo de madrugada
com o coração fazendo as malas
tenho medo de enlouquecer
digo que não como alface
há 4 meses
ele me consola e diz
que comeu 7 bolos de pote entre
quarta e domingo
e está jantando hambúrguer há 1 semana
mas hoje ainda não pediu

eu nasci
dentro de uma rede azul
pregada no peito da minha mãe

no interior do interior
do interior
de canto nenhum

em uma casa
moldada pela chuva

aprendi
o que se ensina
às mulheres:

melhores horários
para ir à feira
para sair à rua
para voltar para casa

melhores sabores
preparos
tempos

quem é o dono da razão
quem são os donos da bola

estoco mantimentos:
gilete
cerveja
gritos de guerra
pedidos de socorro
dramin
música

e hiberno

sonho com o sangue jorrando
da terra

às trincheiras de mim mesma
digo palavras incompreensíveis
converso com fantasmas
rio junto às hienas

o sangue
de novo
e sempre o sangue
a enxada do meu avô
ardendo contra a terra
a minha avó
parindo 19 vezes no sertão
do nordeste brasileiro
trabalhadores aprendendo a ler
mulheres aprendendo a escrever
com lápis partidos no meio
espadas de são jorge
espadas de santa bárbara
e esse imundo falando da gente
na televisão
caminhão-pipa
as obras
capim-santo
camarão
a casa-grande
e a nossa casa
terras e terras
nomeadas
telhas
a água chegando na caixa
ninguém trouxe
nós fomos buscar
mosquiteiro azul
latidos e miados

os pés cansados
tocando o piso da sala
o curral
a encruzilhada
o galo cantando
em espiral

sonhei que estava em nova york

e muda
sem saber dizer uma palavra
in english

eu era uma poeta brasileira

na cidade de currais novos
um graduado em letras
pede dinheiro
a uma mesa cheia de poetas
mestres e doutores

que tal
um país novo?
recomeçar?

o nordeste
fica aqui
no avesso do mapa

tudo isso
que aí está
ainda será
motivo de cadeia

brasil
eu te peço uma trégua

depois desta caminhada
rumo à merda

eu acho que não dá pra perder de vista
        que não cabe mais debaixo do tapete
        que não dá pra deixar de falar

talvez tenhamos escorregado
em todos os passados
em todos os golpes
que passaram batido

                tudo
                que se esquece tudo
                que não se diz

                        veneno a conta-gotas
na goela do país

já deu, já foi, já era

tenho vontade de cortar
as unhas e os cabelos
também já tive vontade
de abrir os pulsos
quebrar espelhos

sim, nós guardamos o grito
sim, não dormimos há meses
sim, os caminhões partem levando corpos

mas hoje eu tenho vontade
de botar um menino no mundo

ver no que dá

Copyright © 2023 Regina Azevedo

Todos os direitos reservados. Nenhuma parte desta obra pode ser reproduzida, arquivada ou transmitida de nenhuma forma ou por nenhum meio sem a permissão expressa e por escrito da Editora Fósforo e da Luna Parque Edições.

EQUIPE DE PRODUÇÃO
Ana Luiza Greco, Fernanda Diamant, Julia Monteiro, Leonardo Gandolfi, Mariana Correia Santos, Marília Garcia, Rita Mattar, Zilmara Pimentel
REVISÃO Eduardo Russo
IMAGEM DA CAPA Infográfico do segundo turno das eleições presidenciais de 2022, por Pilker
PROJETO GRÁFICO Alles Blau
EDITORAÇÃO ELETRÔNICA Página Viva

FSC
www.fsc.org
MISTO
Papel | Apoiando o manejo florestal responsável
FSC® C011095

A marca FSC® é a garantia de que a madeira utilizada na fabricação do papel deste livro provém de florestas gerenciadas de maneira ambientalmente correta, socialmente justa e economicamente viável e de outras fontes de origem controlada.

ipsis

Dados Internacionais de Catalogação na Publicação (CIP)
(Câmara Brasileira do Livro, SP, Brasil)

Azevedo, Regina
 Brasil, uma trégua / Regina Azevedo. — São Paulo :
Círculo de poemas, 2023.

ISBN: 978-65-84574-49-6

1. Poesia brasileira I. Título.

22-138980   CDD — B869.1

Índice para catálogo sistemático:
1. Poesia : Literatura brasileira   B869.1

Inajara Pires de Souza — Bibliotecária — CRB PR-001652/0

CÍRCULO *Luna Parque*
DE POEMAS *Fósforo*

circulodepoemas.com.br
lunaparque.com.br
fosforoeditora.com.br

Editora Fósforo
Rua 24 de Maio, 270/276, 10º andar
01041-001 - São Paulo/SP — Brasil

CÍRCULO *Luna Parque*
DE POEMAS *Fósforo*

LIVROS

1. **Dia garimpo**
Julieta Barbara

2. **Poemas reunidos**
Miriam Alves

3. **Dança para cavalos**
Ana Estaregui

4. **História(s) do cinema**
Jean-Luc Godard
(trad. Zéfere)

5. **A água é uma máquina do tempo**
Aline Motta

6. **Ondula, savana branca**
Ruy Duarte de Carvalho

7. **rio pequeno**
floresta

8. **Poema de amor pós-colonial**
Natalie Diaz
(trad. Rubens Akira Kuana)

9. **Labor de sondar [1977-2022]**
Lu Menezes

10. **O fato e a coisa**
Torquato Neto

11. **Garotas em tempos suspensos**
Tamara Kamenszain
(trad. Paloma Vidal)

12. **A previsão do tempo para navios**
Rob Packer

13. **PRETOVÍRGULA**
Lucas Litrento

14. **A morte também aprecia o jazz**
Edimilson de Almeida Pereira

15. **Holograma**
Mariana Godoy

PLAQUETES

1. **Macala**
Luciany Aparecida

2. **As três Marias no túmulo de Jan Van Eyck**
Marcelo Ariel

3. **Brincadeira de correr**
Marcella Faria

4. **Robert Cornelius, fabricante de lâmpadas, vê alguém**
Carlos Augusto Lima

5. **Diquixi**
Edimilson de Almeida Pereira

6. **Goya, a linha de sutura**
Vilma Arêas

7. **Rastros**
Prisca Agustoni

8. **A viva**
Marcos Siscar

9. **O pai do artista**
Daniel Arelli

10. **A vida dos espectros**
Franklin Alves Dassie

11. **Grumixamas e jaboticabas**
Viviane Nogueira

12. **Rir até os ossos**
Eduardo Jorge

13. **São Sebastião das Três Orelhas**
Fabrício Corsaletti

14. **Takimadalar, as ilhas invisíveis**
Socorro Acioli

15. **Braxília não-lugar**
Nicolas Behr

Você já é assinante do Círculo de poemas?

Escolha sua assinatura e receba todo mês em casa nossas caixinhas contendo 1 livro e 1 plaquete.

Visite nosso site e saiba mais:
www.circulodepoemas.com.br

CÍRCULO *Luna Parque*
DE POEMAS *Fósforo*

Este livro foi composto em GT Alpina e GT Flexa e impresso pela gráfica Ipsis em janeiro de 2023. Uma trégua, uma brecha, uma réstia para sonhar com o avesso dos tempos.